Clémentine Guivarc'h

À la découverte des LÉGENDES DE LA MER

Au Bord des Continents... Éditions

HISSE ET OH ! LARGUEZ LES AMARRES !

Même pas peur des krakens géants,
des tempêtes et du Hollandais volant !!!

Ronan est un garçon intrépide qui rêve d'embarquer sur un bateau pour découvrir les océans et les créatures mystérieuses qui les peuplent !

Aimes-tu les histoires et les jeux ?

Suis Ronan dans une grande aventure, à la rencontre des légendes de la mer !

RONAN EST À LA PLAGE. IL S'IMAGINE CAPITAINE D'UN VAISSEAU PIRATE ! QUAND IL DÉCOUVRE UN MYSTÉRIEUX MESSAGE GRAVÉ SUR UN ROCHER, SON CŒUR S'EMBALLE !

**SAURAS-TU DÉCHIFFRER LE MESSAGE
EN SUIVANT LA LIGNE QUI RELIE CHACUN DES MOTS ?**

Ronan aperçoit, à l'autre bout de la plage, l'entrée béante d'une grotte creusée dans la falaise.

Aide-le à la rejoindre en se faufilant entre les vacanciers !

À L'ENTRÉE DE LA GROTTE, RONAN TOMBE NEZ À NEZ AVEC UN LUTIN DU RIVAGE QUI LUI DIT D'UN TON ESPIÈGLE :

« JE NE TE LAISSERAI PASSER QUE SI TU M'AIDES À RETROUVER MES COQUILLAGES PRÉFÉRÉS. »

CE SONT LES DEUX QUI SONT IDENTIQUES, LES VOIS-TU ?

RONAN AVANCE À TÂTONS DANS LA GROTTE ET DÉCOUVRE UNE GRANDE SALLE OÙ VIVENT LES FÉES DES HOULES.

MAIS ELLES NE LUI RACONTENT QUE DES BÊTISES !

UNE SEULE A UN VÉRITABLE SECRET À LUI TRANSMETTRE. PEUX-TU LA TROUVER PAR ÉLIMINATION ?

Il y a treize coquillages à la page précédente.
Miam ! je prépare une délicieuse soupe !
J'ai fait un bouquet de coquelicots.
Ce parchemin mène au fabuleux trésor de l'île du Crâne.

RONAN PART EN QUÊTE DU TRÉSOR AVEC LE PARCHEMIN.
ARRIVÉ EN HAUT D'UNE FALAISE, IL RENCONTRE DES NAUFRAGEURS !
CES BRIGANDS ATTIRENT LES BATEAUX SUR LES ROCHERS,
QUAND SOUFFLE LA TEMPÊTE, EN ACCROCHANT SUR LA TÊTE DES VACHES…
DES LANTERNES !

EN ÉCHANGE D'UNE PART DU TRÉSOR,
ILS DONNENT À RONAN UN INDICE POUR ATTEINDRE L'ÎLE DU CRÂNE.

HOP, RONAN MONTE TOUT EN HAUT DU PHARE QUAND SOUDAIN...

BOOOUH ! LE FANTÔME DU GARDIEN DU PHARE APPARAÎT ! QUI RÉSOUDRA SON DÉFI AURA LE DROIT D'UTILISER SA LONGUE-VUE POUR OBSERVER L'OCÉAN.

TOUS LES ÉLÉMENTS PRÉSENTS DANS L'ÉTAGÈRE DE GAUCHE
ONT LEUR DOUBLE DANS CELLE DE DROITE.

TOUS, SAUF UN. REGARDE BIEN !

L'ŒIL COLLÉ À LA LONGUE-VUE, RONAN VOIT MAINTENANT TRÈS, TRÈS LOIN ! IL DÉCOUVRE UN ARCHIPEL.

COMPARE LES ÎLES AVEC LE DESSIN QUI FIGURE SUR LE PARCHEMIN, ET TROUVE L'ÎLE DU CRÂNE !

Un chant mélodieux parvient aux oreilles de Ronan. Il dévale les marches du phare et découvre une sirène assise sur un rocher ! Elle s'appelle Dahut.

C'est une grande magicienne !

LE GARÇON EST ENVOÛTÉ PAR SES SORTILÈGES...

PEUX-TU TROUVER LES SEPT DIFFÉRENCES ENTRE LA SIRÈNE ET SON DOUBLE POUR ROMPRE LE CHARME ?

SPLASH ! RONAN PLONGE DANS L'OCÉAN ET ACCOMPAGNE DAHUT JUSQU'AUX RUINES D'UNE CITÉ ENGLOUTIE. LA CÉLÈBRE **VILLE D'YS** !
DANS CES EAUX MAGIQUES, IL REMARQUE CINQ DRÔLES DE PETITS POULPES.
ILS SONT BIEN CACHÉS, PEUX-TU LES DÉNICHER ?

MILLE SABORDS ! UN TERRIBLE KRAKEN VIENT D'ATTRAPER RONAN ET DAHUT ! LA SIRÈNE SAIT QUE LE MONSTRE CRAINT LES GUILIS.

AIDE-LA À TROUVER LE TENTACULE QU'IL FAUT CHATOUILLER POUR QUE RONAN ET ELLE PUISSENT S'ÉCHAPPER.

- Il a des ventouses.
- Il n'est pas bleu.
- Il a des taches rondes.

HOURRA ! RONAN SAUTE DE JOIE, LE TRÉSOR EST À LUI !
MAIS COMMENT VA-T-IL POUVOIR RAMENER CE GROS COFFRE ?
UNE VOILE APPARAÎT À L'HORIZON ET SE RAPPROCHE DE L'ÎLE.
C'EST LE HOLLANDAIS VOLANT, LE CÉLÈBRE VAISSEAU FANTÔME.
RONAN MONTE À SON BORD ET PREND LA BARRE COMME UN VRAI PIRATE.

SUIS LE COURANT QUI MÈNERA LE NAVIRE À BON PORT !

C'EST LA FÊTE. QUELLE AVENTURE ! RONAN EST ACCUEILLI COMME UN HÉROS. TOUS LES INVITÉS S'EXTASIENT DEVANT LE FABULEUX TRÉSOR ET ÉCOUTENT AVEC PASSION LE RÉCIT DE SON VOYAGE. SES NOUVEAUX AMIS L'ENTOURENT.

IL NE MANQUE PLUS QUE TOI !

Mais avant de les rejoindre, peux-tu trouver les éléments qui sont cachés sur la plage ?

LES PETITS SECRETS DES LÉGENDES DE LA MER

LES FÉES DES HOULES

Elles habitent les grottes creusées par la mer au pied des falaises. Si l'on découvre l'entrée secrète, cachée dans l'épaisseur de la roche, on peut accéder à leur domaine souterrain. Elles y vivent comme des reines et des princesses dans des palais décorés d'or et de pierres précieuses. Elles aiment faire du pain ou des gâteaux et, la nuit, on peut les voir danser sur les falaises au clair de lune.

LES ÎLES AUX TRÉSORS

C'est dans ces lieux déserts souvent inconnus des cartes marines que les pirates enterraient leurs fabuleux trésors. Il était nécessaire, pour retrouver leur emplacement, de posséder un parchemin secret et un bon sens de l'orientation !

LES LUTINS DU RIVAGE

Ce sont de drôles petits bonshomm qu'il vaut mieux, plus souvent, évit de rencontrer ! Le goût pour les farc et le pouvoir qu'il ont de prendre l'apparence de tou forme animale conduisent ceux qui leur accorden trop de confianc à patauger dans l'eau salée.

LES SIRÈNES

Ce sont des créatures marines mi-femme mi-poisson. On les représen souvent ensommeillées sur un rocher, leur longue queue de poiss baignant dans l'écume. Elles aiment peigner, les jours de beau temp leur longue chevelure avec des peignes de nacre ou d'arger Leurs chants délicieux envoûtent les marins.

LA CITÉ D'YS

C'était une merveilleuse citadelle élevée au milieu de l'océan. Ses habitants, qui parcouraient les mers du monde montés sur des dragons, en avaient fait une cité très riche. Dahut, la princesse d'Ys, fut séduite par un navigateur de passage, qui subtilisa les clés des écluses et en ouvrit les portes une nuit de tempête. La cité disparut sous l'océan et la légende rapporte que Dahut est devenue la première des sirènes.

LE HOLLANDAIS VOLANT

Ce bateau, victime d'une malédiction, est condamné à dériver éternellement sur les éans. On peut entendre dans la brume, ses iles déchiquetées claquer tristement. Si on pproche, on devine à la lueur des lanternes uges qui éclairent son pont, les silhouettes d'un équipage composé de squelettes !

KRAKEN

e monstre légendaire, qui a l'aspect d'un poulpe géant, a la triste réputation d'être un redoutable ufrageur de bateaux. Armé de ses longs tentacules il enserre la coque des navires et les traîne dans les « profonds abîmes de l'océan ».

SOLUTIONS

« Rencontre les fées des Houles dans la grotte, elles te diront un secret. »

Pour traverser, suis le chemin indiqué en rouge.

Les coquillages préférés du lutin du rivage sont dans les cercles rouges.

Seule la fée en robe verte ne dit pas de bêtises.

Rébus : D'en haut du phare tu verras où est l'île.

L'élément manquant sur l'étagère de droite est la coupe de couleur kaki.

L'île du Crâne est entourée d'un cercle rouge.

Les sept différences sont entourées de cercles rouges.

Tu trouveras les poulpes dans les cercles rouges.

Le tentacule qu'il faut chatouille est le tentacule marron sur la droite.

Le trésor est caché dans le roch du Crâne.

Le courant qui permet d'arriver sur la plage porte le numéro 2.

Les éléments qu'il fallait trouver sont entourés de cercles rouges.

mail@au-bord-des-continents.com – www.au-bord-des-continents.com
Maquette : Anne-Cécile Bobin

Illustrations et textes : Clémentine Guivarc'h
http://clementineguivarch.ultra-book.com/

« Loi nº 49-956 du 16 juillet 1949 sur les publications destinées à la jeunesse,
modifiée par la loi nº 2011-525 du 17 mai 2011. »

ISBN : 978-2-37051-131-7
Dépôt légal : mars 2021 – Imprimé en Europe